| PHOTO ESSAY |

마이 스윗 디어
My Sweet Dear

마이 스윗 디어 제작팀 지음

blackD

contents

최정우(27세)

이해득실에 따라 움직이는 계산적인 남자 정우.
부자가 되어 한탕 크게 벌고 평생 놀고먹는 게 인생 목표.
요리대학을 다니는 둥 마는 둥 졸업한 뒤, 여행이 좋아서
세계 곳곳을 떠돌았다. 웬만한 요리는 눈대중으로 보고 똑
같이 만들 수 있고, 결과물을 SNS에 올리는 것이 취미다.
같이 일했던 셰프들의 레시피를 그대로 카피하는 능력자.
그러다 우연히 알게 된 로라킴이 솔깃한 제안을 해온다.
도건의 레시피를 카피해서 로라 다이닝의 총괄 셰프가
되면 새로 오픈할 청담 지점을 주겠다는 것!
고민할 것 없이 도건의 주방으로 들어가는데….
이상하다, 자꾸만 도건이 신경 쓰인다.
도건과 이대로 괜찮은 걸까?

윤도건(27세)

밑바닥부터 시작해 최고급 레스토랑의 수세프 자리까지 올라선 도건. 퍼포먼스보다는 좋은 식재료를 고집하는 요리 철학이 확실한 원칙주의자이다. 직접 개발한 시그니처 메뉴인 트러플 피존 요리 덕분에 미슐랭의 영예를 얻은 로라 다이닝은 승승장구의 길을 걸었다.

엄마와 김밥 싸서 바다로 놀러 갔던 어린 시절을 그리워하며, 언젠간 바닷가 근처에 작은 식당을 차리고 싶어 한다. 그러던 어느 날, 당연히 자신의 자리라 여겼던 총괄 셰프 자리를 노리는 수상한 놈 최정우가 나타난다.

로라킴

작은 레스토랑에서 시작했지만, 천재 셰프 도건을 만나 최고의 레스토랑으로 키워 냈다. 청담동에 레스토랑을 오픈하기 위해 앞만 보고 달려가는 중이다.

도건이 헤드 셰프가 되는 게 당연한 수순이지만 한편으로는 도건을 그만 잘라 내고 싶다. 그의 요리는 깊이가 있지만 고집스럽고 촌스럽다. 무엇보다도 과거에도 현재도 자신이 이룬 성공이 꼭 도건이 만들어 낸 것만 같은 열등감이 그녀를 괴롭힌다.

대체할 다른 카드를 찾던 중, 우연히 정우를 알게 되고 자신의 입맛대로 굴리기 좋은 정우에게 도건의 레시피를 전부 카피해서 네 것으로 만든다면 부자가 되게 해주겠다는 거부할 수 없는 제안을 한다.

재훈(24세)

정우의 요리 실력에 반해 눈치 없이 정우를
잘 따르는 로라 다이닝의 보조 셰프.
시장에 갈 필요 없게 배달로 식재료를 주문
하고, 구린 앞치마 대신 예쁜 앞치마를 선물
해주는 정우가 좋다.
눈치가 없어 맨날 예준에게 잔소리를 듣는다.

예준(24세)

로라 다이닝의 보조 셰프이자 애교쟁이 분위
기 메이커. 도건을 보며 셰프의 꿈을 키웠다.
도건이 앞치마를 메는 방법, 칼 가는 방법까지
모든 걸 옆에서 보고 그대로 따라 한다.
적당한 눈치로 도건과 정우의 오작교 역할
을 한다.

chapter one

아페르티보

APERITIVO

My Sweet Dear

아페르티보

aperitivo

목적지는 로라 다이닝

- 손님, 요리에 무슨 문제라도….
"어때요?"
- 어떤 의미에서 하시는 말씀?
"그러게요. 어떤 의미일까?
그렇다고 너무 심각해지지는 맙시다.
우리."
- 우리요?
"네. 우리."

"근데 여기는 앞치마가 좀 독특하다.
아하! 자주 봐요. 우리."

aperitivo

여기가 윤도건 레스토랑이야?

- 사장님… 전에도 말씀드렸다시피 저는…
전 트렌디한 것보다 베이직한 것이 좋습니다.
"베이직… 베이직…
자꾸 그렇게 딱딱하게만 굴면 매력 없는데."

aperitivo

aperitivo

어떤 놈이 주방에서 향수 뿌렸어?

"주방 세컨드? 반가워요."
- 저기, 선생님? 여기 막 들어오시고,
아, 뭐 설마, 설마… 혹시 헤드 셰프님 그런 건 아니시죠?
"지금은 아니지만 앞으로 되지 말라는 법은 없죠?
잘 부탁해요."

aperitivo

- 저 손님들 윤셰프님 요리 아니면 바로 알아채시지 말입니다?
"그거야 두고 보면 알겠죠.
자, 그럼 시작해 볼까?"

- 뭐야 이거? 어떤 놈이 주방에서 향수 뿌렸어?

"역시, 스타 셰프는 예민해."

- 그때 그 앞치마?

"최정우라고 불러주지, 이왕이면. 그리고 또 반가워요."

aperitivo

chapter two

안티파스토

ANTIPASTO

My Sweet Dear

antipasto

당장 나가!
내가 누군 줄 알고 이러지?

- 이 요리가 뭔 줄 알고 당신이 함부로 손을 대.
주방이 개나 소나 들어오는 데야?
"나 출근한지 아직 한 시간밖에 안 됐는데."
- 어떻게? 쫓아내줘?
"내가 누군 줄 알고 이러지."
- 누군지 알 필요 없고 내 주방에서 당장 나가!

antipasto

"여기가 그쪽 주방이 될지, 내 주방이 될지는
두고 봐야 알 일이지."
- 뭐?
"손님들 기다리고 있는데 급한 불부터 끄고.
우리 싸우는 게 순서 아닌가?
내 스타일대로 한번 해봤어요, 셰프!
이래야 사람들이 사진 찍어서 올릴 맛이 나지."

한 주방에 헤드 셰프가 두 명일 수 없잖아요

"아! 굴러 들어온 돌이 박힌 돌을 빼내라?
이거 사장님 너무 짓궂으시다."
– 글쎄~ 굴러 들어온 돌이 박힌 돌을
더 단단하게 만들 수도 있을 것 같은데.

사랑이 넘치는 이 키친에 나도 좀 끼워줘 봐요
사이좋게~

antipasto

- 한 달 뒤면 그쪽이 나가든 내가 나가든
둘 중 하나일 텐데, 정붙일 필요 있나?

"원래 캐릭터 저러지?"
- 원래 저런 사람이 아닌데 오늘 좀 까칠하시네….
"원래 까칠한 것 같아."

antipasto

오늘 이 눈빛은 좀 어려운데 좋다는 건가
싫다는 건가

antipasto

"앞으로 앞치마는 요걸로 하죠.
난 그 조리복이 영 불편해서
좀 편하게 입을까 하는데 괜찮죠?
요리사는 요리만 잘하면 되니까."

antipasto

맛은 추억이거든
그 순간 함께한 사람, 분위기,
느낌을 기억하는 거야

"하. 근본 없단 소리 뒤에서는
들어 봤어도 앞에서 제대로 듣는 건
또 처음이네. 기분 되게 별로다."
- 내가 뭐 없는 말 했나?
"즐거운 회식 자리에서
또 너랑 싸우기는 싫은데."

- 그렇다면 이쯤에서
우리 신입 노래 안 들어볼 수 없겠죠~?
오~ 노래해~ 노래해~
"다들 반하지 마라~"

antipasto

chapter three

프리모피아토

PRIMO-PIATTO
My Sweet Dear

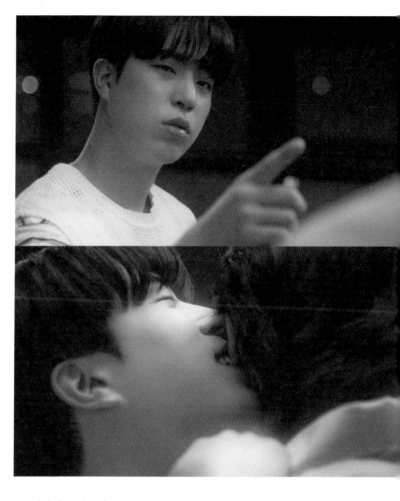

- 조심하세요, 셰프님. 물어요.
"물어? 뭘…? 야, 어디가!"

- 혼…자… 먹냐…
"뭘?"
- 젤리 말야.
"젤리?"
- 그래! 젤리.

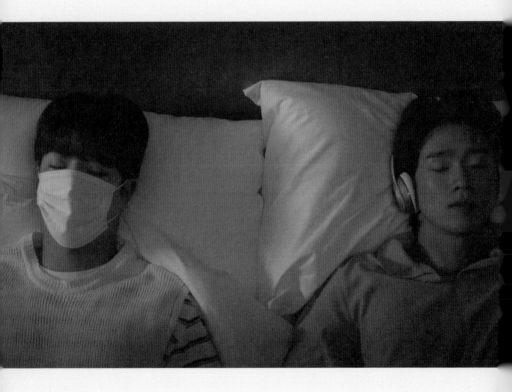

primo-piatto

내가 왜 여기에…
그러게… 네가 왜 여기 있을까?

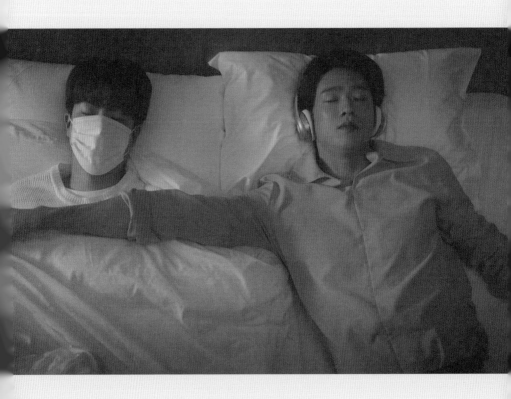

- 나 뭐 실수한 거 없지?
"실수? 어떤 실수?"
- 다음에는 그냥 버려.
나 간다.

"어딜 가.
해장은 하고 가야지.
다 됐어.
빨리 씻어."

primo-piatto

primo-piatto

"다 됐다! 밥 먹자.
어때? 딱 네 스타일이지? 너 매운 걸로 해장한다며."
- 그걸 어떻게 알았어?
"상대를 알아야 전략을 세우는 법. 우리 라이벌이다?
그럼 맛 좀 평가해 주시죠. 스타 셰프님?"

- 됐다.

"하~ 아까보다는 조금 더 맛있네."

- 이런 게 클래스라는 거야.

"다행이다. 나도 매운 걸로 해장하는데.
우리 통하는 게 하나 있네?"

- 난 아니고 싶은데.

primo-piatto

- 너 이런 것도 들어?
"유튜브, 팟캐스트…
다 내 요리 선생님이야."
- 나 꽉 막힌 사람 아니거든!!
"맞거든?"
- 사람 함부로 판단하지 마라.
"함부로 아닌데!"

chapter four

세콘도피아토

SECONDO-PIATTO
My Sweet Dear

"최정우 셰프님. 스페인 레스토랑에서도 발리에서도 같이 일했던
셰프들 레시피 싹~ 카피해서 자기 것처럼 SNS에 올리고 그랬대요.
대박이죠."

- …그 소문, 아마 아닐 거야.
"셰프님이 그걸 어떻게 알아요!?"
- 그냥 알 것 같아.

secondo-piatto

secondo-piatto

- 야, 문 닫지마! 문! 문!
고장 났어. 안에선 안 열려.
"그럼 우리 여기 갇힌 거야?
와~ 스릴 넘치는데?"

secondo-piatto

"이것 좀 덮어."
- 됐다고….
"그냥 좀 덮어. 난 괜찮아."

"넌 그게 왜 소문일 거라고
생각하는데?"
- 건방지긴 해도,
그럴 놈 같지는 않아서.
"아~ 앞치마 벗어 주길 잘했네."
- 넌 이런 상황에도 장난이
치고 싶냐?

아까는 고마웠어…
몸은 괜찮냐?

- 너가 여기는 웬일이야?
"어쩐 일이기는. 너 또 염탐하러 왔지."
- <u>스토커야</u>, 뭐야….
"야, 어떻게… 이렇게 하는 거야? 이렇게?"

secondo-piatto

- 뭐야, 한 마리도 못 잡았어?
열심히 좀 해라, 난 낙지도 잡았는데.
상남자인 척은 혼자 다 하더니,
완전 겁쟁이네.

secondo-piatto

- 뭐야, 한 마리도 못 잡았어?
열심히 좀 해라, 난 낙지도 잡았는데.
상남자인 척은 혼자 다 하더니,
완전 겁쟁이네.

secondo-piatto

chapter five

포르마지오

FORMAGGIO
My Sweet Dear

"와, 나 식겁했네 진짜⋯."
- 으이구. 겁쟁이.
"야, 우리 열심히 일했으니까 이제 열심히 놀자."
- 놀기는, 아직 반도 못 채웠어.
"수영복 갖고 왔어?"
- 웬 수영복?
"가자~"

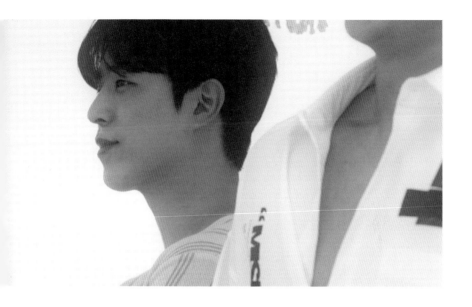

"넌 안 벗어?"
– 난 됐어….
"그래라, 그럼."

"너 뭐하냐?"
- 어? 뭐하긴 누워 있지.
아… 안 잤어?

"잠든 줄 알았지?
나 너 계속 보고 있었는데.
잘생긴 내 얼굴 그만 보고 물놀이나 가자."

formaggio

- 여기서 하고 싶었어, 레스토랑.
내가 하고 싶은 레스토랑은 이렇게
조용한 바닷가 옆에 있는 셰프 마음대로 식당.

formaggio

"요리의 근본도 없는 나는
그저 셰프로 성공하는 게 목표였는데."

formaggio

뭐야? 그렇게 좋았어?
하… 윤도건

아~ 달달한 윤도건
칭찬 한번 받기 너무 힘들다

"참 묘해.
네 눈빛.
촉촉했다가 가끔은 서늘해지고."
- 지금은?
"지금은?
배고프다."
- 가자.

formaggio

- 어때? 내 말 맞지?
"맛있다!"
- 다행이다. 투덜대면 어쩌나 싶었는데.
"내가 왜 이걸 이제 먹었을까?
나 이제 시작한다?"

"야, 너 나 말고
이 모서리 걱정하는 거지?"
- 당연하지~

- 왜? 맛이 이상해?
"맛있다.
여기에 허브 좀 넣어 볼까?"
- 여기다?
"응,
그럼 완전 새로운 맛이
될 것 같은데?"

formaggio

formaggio

"어? 내가 촉 하나는 예술인데…
뭐지, 이 서로를 바라보는 낯선 멜로 눈빛은…!"
– 자꾸 뭐라는 거야?

formaggio

chapter six

돌체

DOLCE
My Sweet Dear

"넌 아직도… 내가 밉냐?"
- 처음부터 밉지 않았어.
단지 내 주방에
누가 들어온다는 게 낯설었을 뿐이야.
"지금은? 지금도 낯설어?
난 네가 좋다."
- 나도 좋아.

dolce

dolce

둘 사이에 내가 모르는
뭔가 생겼나 봐요?

dolce

"뭐 해?"
- 어떤 바보가 칠칠찮게 자꾸 여기저기 찧고 다녀서….
"기대고 있자. 나,
잠깐만… 머리가 너무 아파서…."
- 괜찮아?

도건아, 나… 너랑 가고 싶은 곳이 있어

dolce

"시간이 멈춘 것 같다
우리만 있는 것 같아"

- 예쁘다.
"여기 앉아서 한 바퀴 다 돌잖아?
그러면 이 안에 있던 응어리들이
다 풀어진다.
좋은 사람 생기면
꼭 같이 오고 싶었어."
- 좋은 사람…
그 말… 참 좋다. 큰일이다.
이상하게 너랑 같이 하는 건
다 좋아지려 그러네.

dolce

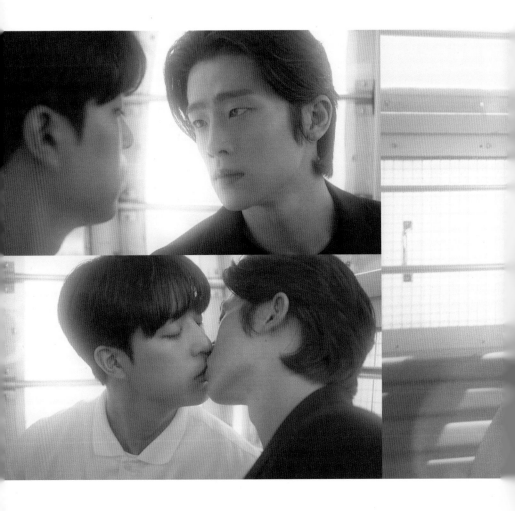

dolce

나 오늘 기분 너~~무 좋은데
오늘은 그냥 이렇게 우리 둘만 생각하자

dolce

나 오늘 기분 너~~무 좋은데
오늘은 그냥 이렇게 우리 둘만 생각하자

chapter seven

리쿠오레

LIQUORE
My Sweet Dear

- 이게 뭐야?
"선물. 짠."
- 우와. 감동이다, 최정우.
"칭찬에 인색한 윤도건의 극찬이라니.
나 성공했다."

liquore

liquore

"이 눈빛. 진짜 감당이 안 된다.
너 일부러 그러는 거지?"
- 자연스러운 건데?
"도건아…."
- 응?
"니가 좋아하니까 나도 좋다."

놓쳐 버린 기회

- 무슨 말? 야, 최정우. 너 진짜 뻔뻔하다.
내가 슬슬 속아 넘어가니까 재밌었냐? 신났지?
나 가지고 바보 만드니까 좋았지?
"아니, 도건아. 그거 오해야."
- 아니. 이제 더는 듣고 싶지 않아.

liquore

- 앞으로 내 눈앞에 얼씬거리지도 마.
너랑 이제 모르는 사이니까.

네가 올 때까지
나 계속 기다릴 거야

- 나, 네가 미운데… 정말 꼴 보기 싫은데
그런데 자꾸 보고 싶더라. 나 정말 바보 같지?
우리가 함께했던 시간들, 그것도 다 가짜야?
"아니, 진심이야."

이번엔 진짜 너를 보여줘
진짜 최정우를

abbraccio

- 왜 그랬어? 그렇게 자신이 없었어?
"나 그만둘게. 사실을 밝히고 내가 물러설게."
- 아니, 다른 사람들이 널 인정할 수 있으면,
그럼 그때 용서해 줄게.

chapter eight

TIAMO
My Sweet Dear

- 잘하자. 최정우!

"제 요리의 주제는 사랑입니다.
여기, 로라 다이닝에 와서
알게 된 감정이죠.
그 감정을 떠올리며
요리해 봤습니다.
한없이 좋았다가 때로는
다투기도 하고…
그러면서 또 화해하고.
누구나 경험했을 달콤 쌉싸름한
사랑의 맛을 담아 봤습니다."

- 이 플레이트에는
로라 다이닝에서의
시간을 담아 보았습니다.
누가 그러더라고요.
맛은 추억이다.
정말 멋진 말이죠?
그래서 전 로라 다이닝의
새로운 추억을…
선물하고 싶었습니다.

Tiamo

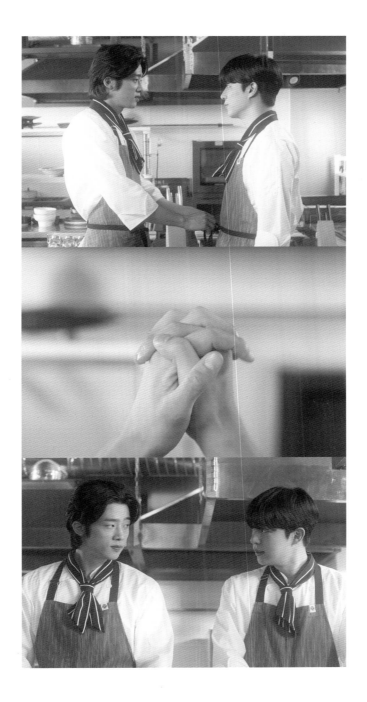

Tiamo

Tiamo

Tiamo

- 이걸 어떻게?
"다시는 버리고 가지마.
항상 곁에 두고 내 생각해."
- 알겠어. 매일매일 생각할게. 먹자!
내 얼굴 닮겠다.
"잠깐만 이러고 있자.
윤도건 눈빛 충전 좀 하자."

Tiamo

- 더 멋있어졌네.
"너 만나려고 뛰어와서 스타일링 다 망가졌는데.
뭐가 멋있냐?"
- 네 마음. 그게 멋지다는 말이야.
"보고 싶었어, 매 순간마다."

Tiamo

Tiamo

널 내 레스토랑의 첫 손님으로
초대하고 싶었어

Tiamo

"야… 근사하다!"
- 아직 준비가 덜 돼서 막바지 정리 중이야.
근데 오늘 덜컥 오픈해 버렸네.
"영광인데!
잘 어울리네, 여기랑."
- 당연하지, 누가 준 건데.

"기가 막힌다. 최고야."
- 근데 아직 메뉴 이름을 못 정했어.
"마이 스윗 디어."
- 마이 스윗 디어.

Tiamo

Tiamo

어느 맑은 날 다시 로라 다이닝

"손님, 음식에 무슨 문제라도….."
- 여기 앞치마가 섹시하다.

| PHOTO ESSAY |

마이 스윗 디어
My Sweet Dear

초판 1쇄 인쇄 2022년 6월 17일
초판 1쇄 발행 2022년 6월 30일

지은이 마이 스윗 디어 제작진
글 오로라크루(장주연·장미)
사진 8레트컴퍼니(임범식)
펴낸이 정은선

편집 김영훈 이은지 최민유 허유민
마케팅 강효경 왕인정 이선행
디자인 ALL contentsgroup

펴낸곳 ㈜오렌지디
출판등록 제2020-00013호
주소 서울특별시 강남구 선릉로 428
전화 02-6196-0380 | **팩스** 02-6499-0323

ISBN 979-11-92186-66-5 (03810)

www.oranged.co.kr